Der gespaltene Vicomte

Italo Calvino

Der gespaltene Vicomte

Italo Calvino

Verfasst von Marion Munier
Übersetzt von Gerda Fischer

DER QUERLESER

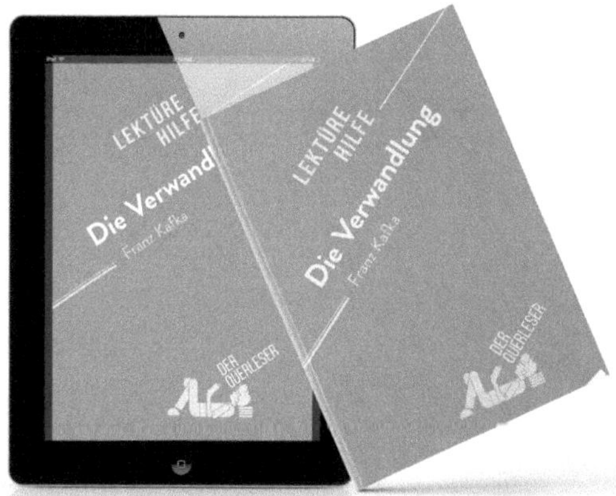

Auf derQuerleser.de findest Du:
Zahlreiche verständliche und detaillierte Lektürehilfen in Nullkommanichts in digitaler Version oder als Taschenbuch.

ITALO CALVINO

ITALIENISCHER SCHRIFTSTELLER, PHILOSOPH UND JOURNALIST

- **Geboren 1923 in Santiago de Las Vegas (Kuba)**
- **Gestorben 1985 in Siena (Italien)**
- **Einige seiner Werke:**
  - *Der Pfad der Spinnennester* (1947), Roman
  - *Marcovaldo oder Die Jahreszeiten in der Stadt* (1958 und 1963), Roman
  - *Das Schloss der gekreuzten Schicksale* (1973), Kurzgeschichten

Italo Calvino ist zwei Jahre alt, als seine Familie Kuba verlässt und nach Italien, dem Herkunftsland seiner Eltern, zieht. Dort erhält er eine antifaschistische Erziehung. Während des Zweiten Weltkriegs (1939-1945) kämpft er im italienischen Widerstand, eine Erfahrung, die in seinen ersten Roman *Der Pfad der Spinnennester* einfließt. Während er eine Karriere als Journalist verfolgte, schrieb er weiter.

Öffentliche Anerkennung erlangte er in den 1950er-Jahren mit der Veröffentlichung seiner Erzähltrilogie *Nos ancêtres*. 1960 zog er nach Paris und wurde auf Wunsch von Raymond Queneau (französischer Schriftsteller, 1903-1976) 1974 Mitglied des OuLiPo (OUvroir de LIttérature

POtentielle), in dem sich experimentelle Autoren zusammenfanden. Er veröffentlichte noch zahlreiche weitere Werke, darunter *Les Villes invisibles (Die unsichtbaren Städte)* aus dem Jahr 1972. Seine Vorstellungskraft, seine Klarheit und sein Humor machen ihn zu einem Autor für Groß und Klein und zu einem der freiesten Schriftsteller seiner Zeit.

DER GESPALTENE VICOMTE

EINE ALLEGORISCHE VISION DES MENSCHLICHEN DASEINS

- **Genre:** Märchen

- **Referenzausgabe:** *Le Vicomte pourfendu*, Übersetzung aus dem Italienischen von Juliette Bertrand, Paris, Albin Michel, Coll. « Le Livre de Poche », 1955, 123 S.

- **1. Auflage:** 1952

- **Thematisch:** Dualität, Güte, Grausamkeit, Humor, Fantasy, Wunderbar, Krieg

Le Vicomte pourfendu ist das erste Werk der Trilogie *Nos ancêtres*, zu der auch *Le Baron perché* (1957) und *Le Chevalier inexistant* (1959) gehören. Diese drei Fabeln bieten eine allegorische Sicht auf das menschliche Dasein.

Der gespaltene Vicomte erzählt das Leben des Vicomte Médard, der von einer Kanonenkugel senkrecht in zwei Hälften geteilt wurde. Seitdem lebt jeder Teil seines Körpers autonom: Die rechte Seite ist böse und bringt Unglück über sein Dorf, während die linke Seite gut ist und nur Gutes tut. Damit veranschaulicht Italo Calvino die Komplexität des menschlichen Wesens und zeigt, dass Güte und Grausamkeit, wenn sie bis zum Äußersten getrieben werden, gleichermaßen unmenschlich sind.

DIE FALSCHE HÄLFTE

Vicomte Médard de Terralba zieht mit seinem Knappen Kurt in den Krieg gegen die Türken. Obwohl dieser ihm die Katastrophen auf dem Schlachtfeld erklärt, kann Leutnant Medard es kaum erwarten, zu kämpfen. Doch bei einem heftigen Gefecht wird Kurt verwundet, während der Vicomte von einer Kanonenkugel getroffen wird, die ihn senkrecht in zwei Hälften teilt.

Bei seiner Rückkehr stellen die Dorfbewohner fest, dass er seine linke Körperhälfte verloren hat. Etwas hat sich in ihm verändert und der Vicomte weigert sich, seinen Vater, den alten Aiulphe, zu besuchen. Dieser schickt ihm seinen Lieblingsvogel, um den Kontakt herzustellen: Medard quält das Tier und schneidet es in zwei Hälften. Am nächsten Tag wird der Patriarch tot in seiner Voliere aufgefunden.

Schon bald entdecken die Dorfbewohner, dass der Vicomte alles, was er auf seinem Weg findet, in zwei Hälften schneidet: Früchte, Pflanzen und Tiere. Seinem Neffen (dem unehelichen Sohn seiner Schwester) gibt er Hälften von giftigen Pilzen, damit er sich daraus ein Frikassee zubereiten kann, was seine alte Amme Sébastienne zu der Bemerkung veranlasst, dass « [c]'est la mauvaise moitié de Médard qui a retour » (S. 29). In der Folgezeit versucht dieser Teil des Vicomte übrigens immer wieder, seinen Neffen zu töten, indem er unter anderem einen Holzsteg schmuggelt.

Der tyrannisch gewordene Vicomte, der einen Prozess gegen Räuber leitet, beschließt, dass sowohl die Angeklagten als auch die Opfer gehängt werden sollen. Außerdem lässt Medard unter dem Vorwand, ^{Dr.} Trelawney helfen zu wollen, der sich von der Medizin abgewandt hat, um sich für Insekten und Ammoniten zu interessieren, Bauern hinrichten: Auf diese Weise kann er den Friedhof füllen und so die Irrlichter hervorrufen, die der Wissenschaftler erforscht.

Da der Vicomte nun eine Begeisterung für Feuer hat, zündet er es überall an und verursacht dabei manchmal den Tod von Bauern. Er geht sogar so weit, dass er einen Teil seines eigenen Schlosses niederbrennt: Seine Amme wird verletzt, aber er behauptet, ihre Verbrennungen seien Symptome von Lepra. Da er seine Kritik nicht mehr ertragen kann, beschließt er, die alte Frau loszuwerden und schickt sie nach Préchampignon, dem Ort, an dem Leprakranke ihre Zeit damit verbringen, auf Musikinstrumenten zu spielen.

Medards Neffe ist von ^{Dr.} Trelawney enttäuscht – der sich geweigert hat, Sebastienne zu untersuchen – und beschließt, sich einer aus Frankreich stammenden Hugenottenfamilie (calvinistische Protestanten) anzunähern. Er freundet sich mit Esau an, einem jungen Mann, der von der Sünde fasziniert ist. Die Hugenotten bewachen ihr Haus aufmerksam, um es vor dem brandgefährlichen Wahnsinn des Vicomte zu bewahren.

Eines Tages, während eines heftigen Gewitters, kommt er zu ihnen und bittet sie um Gastfreundschaft. Er versucht, sie zu bestechen und ins Schloss zu locken, aber die Hugenotten lehnen ab. Beleidigt verlässt Médard das Haus und droht ihnen. Als Medards Neffe nach Préchampignon reist, um Sebastienne zu finden, entdeckt er, dass die Leprakranken dort Orgien feiern; die Amme hält ihn fern und gibt ihm ein Mittel gegen die Krankheit.

DER GUTE UND DER UNGLÜCKLICHE VEREINT

Da Vicomte Médard der Meinung ist, dass man als die Hälfte von sich selbst die Dinge besser verstehen und fühlen kann (S. 60), beschließt er, sich zu verlieben, da er sicher ist, dass bei ihm "diese Leidenschaft sicherlich wunderschön und schrecklich sein wird" (S. 61).

Er hat ein Auge auf Paméla geworfen, eine kleine Schäferin, mit der er sich verabredet. Paméla geht hin, weigert sich aber, ihm ins Schloss zu folgen, wo er sie einsperren will. Médard bedroht ihre Eltern, die jedoch nachgeben und bereit sind, ihre Tochter auszuliefern. Um dem Vicomte zu entkommen, beschließt Paméla, sich zusammen mit einer Ente und einer Ziege in einer Höhle im Wald zu verstecken.

Am nächsten Tag rettet der Vicomte seinen Neffen vor dem Ertrinken und lässt sich, um ihn zu schützen, an seiner Stelle von einer giftigen Spinne stechen. Der junge Mann wundert sich, dass Medard nicht wie üblich gekleidet ist und sich freundlich verhält. Auf der Suche nach einem Kraut, um seinen Stich zu heilen, begibt er sich daraufhin zu Sebastian, doch als er seinen Onkel wieder trifft, hat er es mit der falschen Hälfte zu tun. Verwirrt erzählt der junge Mann ^{Dr.} Trelawney von seinen Abenteuern, der anscheinend glaubt, dass es sich nicht um denselben Viscount handelt, aber nicht weiter darauf eingeht. Medards Dualität bestätigt sich in der Folgezeit: Über seine beiden Hälften wechselt er zwischen guten und schlechten Taten.

Als Paméla den Vicomte kennenlernt, wird auch ihr klar, dass er eine gespaltene Persönlichkeit hat: "Der Vicomte, der im Schloss lebt, der, der böse ist, das ist die eine Hälfte. Sie, Sie sind die andere Hälfte, von der man dachte, sie sei im Krieg verschwunden, und die nun wieder da ist." (S. 87) Medards gute Hälfte erzählt, dass zwei Einsiedler ihn auf dem Schlachtfeld gefunden und gepflegt haben. Als Paméla ihm offenbart, dass seine schlechte Hälfte sie mit ihren Annäherungsversuchen verfolgt und die ganze Region mit ihrer Barbarei in Angst und Schrecken versetzt, gesteht die gute Seite des Vicomte ihr ihre Liebe.

Bei jedem seiner Krankenbesuche bemerkt der Arzt – in Begleitung von Medards Neffen –, dass der gute Vicomte vor ihm hier war; er sieht das Zeichen, das dieser außerhalb des Hauses hinterlassen hat und das ihn über das Problem des Patienten informiert. Doch seine schlechte Hälfte, genannt der Unglückliche, taucht immer wieder auf und stiftet Unheil. Der Gute versucht jedoch weiterhin, Gutes zu tun, wobei ihm Paméla hilft, während der Unglückliche vergeblich versucht, ihn zu töten.

Der Gute bittet den Schreiner Pierreclou, Maschinen zu bauen, die durch Güte und nicht durch Bosheit in Bewegung gesetzt werden, doch dieser erreicht nichts. Seine Schergen schlagen dem Guten daraufhin vor, sich an seiner Stelle mit dem Unglücklichen anzulegen, aber er lehnt ab. In der Zwischenzeit baut der Tischler einen Galgen "zum Aufhängen im Profil" (S. 105), den der Unglückliche bei ihm bestellt hat.

Nur die alte Sebastiana mag den Guten nicht: Sie gibt ihm die Schuld an den schlechten Taten ihrer anderen Hälfte. Außerdem, so meint sie, verursacht er manch- mal Böses, wenn er Gutes tun will. Zum Beispiel hält er den Leprakranken ständig Vorträge, die daraufhin ver- zweifeln, weil sie keinen Trost mehr finden und wegen ihm keine Musik und keine Ausschweifungen mehr genießen können. Andere Menschen schließen sich nach und nach der Meinung der Amme an und begin- nen, den Guten zu kritisieren, da sie der Meinung sind, dass "von den beiden Hälften die gute schlimmer ist als die schlechte" (S. 110).

In der Zwischenzeit hält jede der beiden Parteien des Vicomte bei ihren Eltern um Pamélas Hand an: Der Gute will sich opfern, damit sie den Unglücklichen heiratet, der Unglückliche will, dass sie den Guten heiratet – um sie dann als rechtmäßige Ehefrau beanspruchen zu können. Die junge Frau beschließt, den Guten zu heira- ten, doch der Unglückliche macht daraufhin seinen Anspruch geltend.

Die beiden Hälften von Medardus streiten und bekämp-
fen sich in einem Duell. Bei dieser Auseinandersetzung
reißen ihre Narben auf. Dr. Trelawney gelingt es jedoch,
die beiden Hälften wieder zusammenzunähen und zu
heilen. Daraufhin wird Medard wieder zu dem, was er
vor dem Krieg war: weder gut noch böse. Danach geht
der Arzt wieder an Bord des Schiffes von Kapitän Cook
und lässt den Neffen des Vicomte allein zurück.

CHARAKTERSTUDIEN

VISCOUNT MEDARD VON TERRALBA

Der junge Medard

Es wird keine physische Beschreibung von Vicomte Medard gegeben; wir wissen nur, dass er jung ist, als er in den Krieg zieht. Seine Unschuld macht ihn blind und er kann es kaum erwarten zu kämpfen, während er von Tod, Leid und Bestürzung umgeben ist. Seine Furchtlosigkeit lässt ihn die Gefahr ignorieren, bis er von einem Kanonenschuss in zwei Hälften geteilt wird.

Der Unglückliche und der Gute

Der Unglückliche – die rechte Hälfte – quält Tiere und Menschen. Er ist grausam und liebt es, Menschen leiden zu lassen. Seiner Meinung nach "gibt es Schönheit, Weisheit und Gerechtigkeit nur in dem, was in Stücke gerissen wird" (S. 60). Seine Wildheit ist grundlos, aber er scheint für eine gewisse Ästhetik des Leidens empfänglich zu sein, weshalb er Galgen baut, die durch ihre Schönheit und ihren Einfallsreichtum die Bewunderung aller erwecken.

Sein Versuch, die Hugenotten zu seinen Verbündeten zu machen, indem er sich zu ihrem Glauben bekehrt, ist nur der Anlass, um einen Krieg gegen die katholischen Fürsten in Betracht zu ziehen. Doch die Integrität der

Protestanten ist stärker als er und seine Drohung, sie bei der Inquisition anzuzeigen. Der Infortunate verlässt wütend ihr Haus. In der Nähe schlägt ein Blitz ein, der wohl vom Teufel geschickt wurde, denn der getroffene Baum ist von Kopf bis Fuß zur Hälfte verkohlt.

Der Gute – die linke Hälfte – scheint nur Gutes tun zu wollen, aber die Dorfbewohner entdecken bald die Zweideutigkeit dieses Ansatzes. So lenkt er die Lepra-kranken von ihren Freuden (Musik und Ausschweifungen) ab, was zu ihrer Verzweiflung führt.

Der Vicomte neu zusammengesetzt

Nach seiner Wiederherstellung war der Vicomte "wieder ein ganzer Mann, weder böse noch gut, gemischt aus Güte und Bosheit, d. h. ein Wesen, das sich äußerlich nicht von dem unterschied, was er vor seiner Verurteilung gewesen war" (S. 121). Er lebte glücklich mit Paméla und hatte viele Kinder.

In *Le Vicomte pourfendu* verweist uns Medards Dissoziation auf Robert Louis Stevensons (schottischer Schriftsteller, 1850-1894) *Der seltsame Fall des Dr. Jekyll und Mr. Hyde* (1886). Doch beim Thema Dualität hört der Vergleich auf, denn die Metamorphose von Jekyll (dem Guten) zu Hyde (dem Kriminellen) verleiht letzterem schließlich die Vorherrschaft im Rahmen einer fantastischen Erzählung, wobei der Horror noch hinzukommt.

DER ERZÄHLER

Wir kennen den Namen des Erzählers nicht. Wir wissen, dass er der Neffe des Vicomte und der uneheliche Sohn seiner Schwester und eines Wilderers ist. Als Waise scheint er als Kind von seinem Großvater aufgenommen und von der Amme Sébastienne aufgezogen worden zu sein. Er lebt in einer Hütte im Wald und entwickelt nacheinander Zuneigung zu Dr. Trelawney, dann zu den Hugenotten und schließlich zu Paméla, der Schäferin. Nachdem der Arzt gegangen ist, bleibt er allein und traurig zurück. Zu Beginn der Erzählung ist er 7 oder 8 Jahre alt und am Ende der Erzählung erreicht er das Jugendalter.

Seine Bereitschaft, Geschichten zu erzählen, wird frustriert, wenn sich die Lage in der Herrschaft wieder normalisiert. Deshalb zieht er sich in die Wälder zurück und denkt sich Geschichten aus, die nur für ihn bestimmt sind.

DR. TRELAWNEY

Dr. Trelawney bereiste die Ozeane an Bord des Schiffes von Captain James Cook (britischer Seefahrer, 1728-1779). Der Name der Figur stammt aus dem Abenteuerroman *Die Schatzinsel* (1883) von R. L. Stevenson.

Zu Beginn der Erzählung behandelt er niemanden, sondern begeistert sich stattdessen für Pflanzen, Steine und Irrlichter. Nach und nach wendet er sich wieder der Medizin zu und interessiert sich für den Fall des

Vicomte, den er schließlich wieder zusammensetzen kann, indem er die beiden Hälften wieder zusammenfügt. Am Ende der Erzählung fährt er wieder zur See.

PAMÉLA

Paméla ist eine junge Schäferin, die mit Tieren kommunizieren kann. Die beiden Parteien des Vicomte verlieben sich in sie. Mutig und entschlossen widersteht sie den Angriffen des Unglücklichen, scheint aber im Gegensatz dazu Zuneigung für den Guten zu empfinden.

Enttäuscht von ihren Eltern, die sie dem Unglücklichen überlassen wollen, zieht sie in den Wald. Am Ende des Märchens heiratet sie jedoch schließlich den Vicomte. Sie freut sich über ihre Wiedervereinigung und ruft aus: "Endlich habe ich einen Ehemann mit all seinen Attributen." (p. 121)

Die junge Frau, die von niederer Herkunft ist und keinen Schutz hat - nicht einmal den ihrer Eltern, die sich für den Gehorsam gegenüber dem Wunsch des Vicomte entschieden haben -, weiß ihre Tugend zu verteidigen und demjenigen zu widerstehen, den alle fürchten, selbst wenn sie sich dafür entscheidet, im Wald zu leben, bis sich die Dinge beruhigen.

Sie ist schlau und lässt sich den Vorschlag, eine lebensverändernde Ehe einzugehen, nicht entgehen. Sie geht zu jeder der beiden Hälften, da es sich um eine Hälfte handelt, um ihre Zustimmung zu geben. Sie weiß instinktiv, was sie tun muss, und ihr Schritt führt zu einem

Duell (der Gute gegen den Bösen), aus dem ein vollständiger Ehepartner hervorgeht.

Mit anderen Worten: In *Le Vicomte pourfendu* versöhnt die Frau – oder die Liebe – die Parteien. Wie das von Samuel Richardson (englischer Schriftsteller, 1689-1761) in *Paméla oder die belohnte Tugend* (1740) geschilderte Geschöpf schafft auch Italo Calvinos Paméla den sozialen Aufstieg.

SÉBASTIENNE

Sébastienne ist die alte Amme, die den Vicomte großgezogen hat. Sie ist vor allem die Einzige, die sich ihm widersetzt. Er schickt sie zu den Leprakranken, nachdem er versucht hat, sie bei einem Brand zu töten. Sie verurteilt beide Teile des Vicomte, denn für sie passt weder der eine noch der andere Teil zu dem Kind – und später zu dem jungen Mann –, um das sie sich vor dem Krieg gekümmert hat und das sie als ihren Sohn betrachtet. Sie ist die Erste, die die anderen warnt: "Es ist die schlechte Hälfte von Medard, die zurückgekommen ist." (p. 29)

Als Zeugin dessen, was er war und nicht mehr sein wird, wird Sébastienne für Médard zu einer unerträglichen Präsenz, die ihm zudem Vorwürfe macht: "[Lepra] ist nichts, mein Sohn, verglichen mit dem Bösen, das dich in der Hölle erwartet, wenn du nicht bereust." (S. 45) Deshalb will er diese affektive Figur verschwinden lassen.

MEISTER PIERRECLOU

Maitre Pierreclou, Sattler und Zimmermann, fehlt es an Mut und er ist unglücklich darüber. Er stellt seine Kunst in den Dienst des Bösen, obwohl er seine Leidenschaft für Mechanismen gerne dazu nutzen würde, Maschinen zu bauen, die für etwas anderes als das Erhängen von Menschen gedacht sind. Da er sich den Befehlen des Unglücklichen nicht widersetzt, entwickelt er seine Systeme immer raffinierter, um sie selbst zu bestaunen und ihre Verwendung zu verbergen. Ein gutes Beispiel dafür, sich der Tyrannei nicht zu widersetzen – oder sich mit ihr zu arrangieren –, das somit im Gegensatz zu Sebastians steht.

SCHLÜSSEL ZUM LESEN

EINE FANTASTISCHE ODER WUNDERBARE ERZÄHLUNG?

Tzvetan Todorov (französischer Literaturtheoretiker und – kritiker bulgarischer Abstammung, 1939-2017) definiert Fantastik als "das Zögern, das ein Wesen, das nur die Naturgesetze kennt, angesichts eines scheinbar übernatürlichen Ereignisses empfindet" (TODOROV T, *Introduction à la littérature fantastique*, Paris, Seuil, 1970, S. 51). Sind sie eine reine Sinnestäuschung, eine Schöpfung der Fantasie in einer gewöhnlichen Welt, oder finden sie tatsächlich in einer Welt statt, die die uns bekannten Naturgesetze durchbricht?

Italo Calvinos *Der gespaltene Vicomte* scheint auf den ersten Blick nicht den von Todorov definierten Kriterien zu entsprechen: Tatsächlich lässt der Erzähler durch seine Rede keinen Zweifel an der Realität der Ereignisse aufkommen. Vom ersten Kapitel an und während der gesamten Erzählung scheinen die auftauchenden übernatürlichen Elemente in den Augen der Figuren völlig normal zu sein. Beispielsweise verschlingen Störche Leichen ("[Sie] ernähren sich von Menschenfleisch, antwortete der Knappe, jetzt, da die Hungersnot das Land ausgedörrt und die Dürre die Flüsse versiegen ließ", S. 6), und die Kurtisanen sind von Skorpionen und Eidechsen befallen, ohne dass dies überraschen könnte.

Auch wenn die Ankunft des Vicomte im Dorf die Bewohner in Angst und Schrecken versetzt, scheinen sie seinen Zustand – er ist auf die Hälfte seiner selbst reduziert – als selbstverständlich hinzunehmen und hinterfragen nicht die Gründe für sein Überleben. Sie alle akzeptieren, dass ein in zwei Hälften geteiltes Wesen leben kann; später scheint sein Wiederzusammensetzen auch nicht komplizierter zu sein. Der Erzähler erklärt: "Der Arzt hatte darauf geachtet, dass alle Eingeweide und alle Arterien auf beiden Seiten übereinstimmten." (S. 120) Die kaum halbstündige Operation gibt dem Vicomte seine körperliche Unversehrtheit zurück, und auch hier wundert sich niemand darüber.

Diese Anhäufung von unwirklichen Tatsachen, die von den Figuren des Märchens akzeptiert werden, lässt die Erzählung in Richtung des Genres des Wunderbaren schwingen. Im Gegensatz zum Fantastischen zeichnet sich das Märchen durch den Einbruch übernatürlicher Ereignisse aus, die in der dargestellten Welt akzeptiert werden – die Welt der Magie und des Märchens.

Wenn man jedoch bedenkt, dass der Erzähler erst zehn Jahre alt ist, könnte dies die übernatürliche Färbung der Geschichte und den Eindruck von Naivität erklären. Tatsächlich erfahren wir bereits in den ersten Zeilen von Le *Vicomte pourfendu*, dass der Erzähler in Wirklichkeit der Neffe der Hauptfigur der in der ersten Person Singular erzählten Geschichte ist: "Man führte Krieg gegen die Türken. Vicomte Medard von Terralba, mein Onkel, ritt durch die böhmischen Ebenen." (p. 5)

Doch während die ersten beiden Kapitel von Ereignissen auf dem Schlachtfeld berichten und der Erzähler die Gespräche zwischen dem Vicomte und seinem Knappen genau wiedergibt, stellen wir zu Beginn des dritten Kapitels fest, dass er gar nicht dabei war. Er führt nämlich aus: "Ich war sieben oder acht Jahre alt, als mein Onkel nach Terralba zurückkehrte." (p. 19)

Zwischen Wunder und Fantasy kann der Leser dann zweifeln: Ist die Unwirklichkeit der Erzählung nicht auf die Fantasie und Naivität des Kindes zurückzuführen, das mit Fantasie Tatsachen wiedergegeben hat, die für Erwachsene erklärbar sind? Ist das Wunderbare wirklich allgegenwärtig oder verzerrt das Kind das, was es erlebt hat? Sagt es am Ende der Geschichte, als alles wieder in Ordnung ist, nicht traurig und unbeschäftigt:

> *"Ich] versteckte mich noch im Wald zwischen den Wurzeln der großen Bäume, um mir Geschichten zu erzählen. Eine Kiefernnadel konnte für mich einen Ritter, eine Dame oder einen Narren darstellen; ich schwenkte sie vor meinen Augen, und endlose Geschichten erheiterten mich. Dann errötete ich über diese Träumereien und lief weg." (p. 122)*

Auf diese Weise gesteht er seine Neigung zur Fabulierkunst und fühlt sich fast schuldig. Wir könnten in diesem Geständnis - das gleiche Verfahren findet sich auch in *Le Baron perché* - auch einen Scherz des Autors sehen, der sich über sich selbst und darüber lustig macht, dass er eine so außergewöhnliche Geschichte erfunden hat!

Letztendlich ist es also schwierig, den Status des Textes zu definieren, der in der Tat von der Perspektive abhängt, die der Leser einnimmt:

- oder dieser akzeptiert alle Elemente als plausibel, und der Text gehört ins Reich der Wunder;

- oder er zweifelt am Wahrheitsgehalt der Erzählung und findet eine Erklärung in der Jugend des Erzählers: Dann gehört die Leseerfahrung in den Bereich des Fantastischen.

EIN PHILOSOPHISCHES MÄRCHEN

Die Frage nach Gut und Böse

Von den ersten Zeilen an erinnern die Protagonisten, Vicomte Médard und sein Knappe Kurt, an ein anderes literarisches Paar aus dem Spanien des 17. Jahrhunderts, den Ritter Don Quijote und seinen treuen Sancho Panza (*Der geniale Hidalgo Don Quijote de la Mancha*, veröffentlicht in zwei Teilen, 1605 und 1615) von Miguel de Cervantes (spanischer Romanautor, Dichter und Dramatiker, 1547-1616) (und pastiren). Der Vicomte zeigt eine schöne Begeisterung für die Idee, für die Christen gegen die Türken zu kämpfen, und eine komische Naivität in Bezug auf die Realitäten des Krieges. Zum Glück ist sein Knappe da, um all seine Fragen zu beantworten:

> "– Von Zeit zu Zeit gibt es einen Finger, der uns den Weg weist", fragte mein Onkel Medard. Was bedeutet das?
>
> – Gott möge ihnen verzeihen! Die Lebenden schneiden den Toten die Finger ab, um ihnen die Ringe wegzunehmen". (p. 8)

Nach dem Angriff, der den Vicomte in zwei Hälften schneidet, nimmt die Geschichte einen wundersamen Charakter an, der aus der Sicht des Erzählers, Medards jungem Neffen, erzählt wird. Diese Hälfte des Mannes fasziniert den Leser; doch als er begreift, dass er es mit der Verkörperung des Bösen zu tun hat, wird die Geschichte immer beunruhigender. Und als schließlich die andere Hälfte, die Verkörperung des Guten, auftaucht, nimmt die Geschichte eine moralische Wendung, die ihr ihre didaktische Funktion und ihre philosophische Dimension verleiht, nach dem Vorbild von *Candide ou l'Optimisme* (1759) von Voltaire (Schriftsteller und Philosoph der Aufklärung, 1694-1778), dem Meister der philosophischen Erzählung, oder von *Jacques le Fataliste et son maître* (1796) von Denis Diderot (Enzyklopädist und Philosoph der Aufklärung, 1713-1784).

Das Böse auf der einen Seite und das Gute auf der anderen Seite üben beide eine Tyrannei aus, die für den guten Lauf der Welt nicht geeignet ist. Was das Böse betrifft, so ist es leicht zu verstehen, dass der gute Medard durch ein Übermaß an Naivität, guten Gefühlen und einer ungeschminkten Moral sündigt:

- Der gute Medardus ersetzt den Plan der Verschwörer, den Tyrannen "abzuschlachten" (S. 106), durch den Plan, ihm eine Salbe zu schenken. Das Ergebnis: "Der Vicomte verurteilte sie zum Galgen" (S. 107);

- den Leprakranken nimmt er die zügellosen Vergnügungen, die sie ihren Zustand vergessen ließen, sodass sie behaupten, dass "von den beiden Hälften die gute schlimmer ist als die schlechte" (S. 110) ;

- Die Hugenotten, die sich der harten Arbeit verschrieben haben, verstehen seine Ermahnung, den Ärmsten zu geben, nicht. "Almosen zu geben, mein Bruder [sagt einer der Hugenotten] bedeutet nicht, bei den Preisen zu verlieren." (p. 100)

Und so kommt der Erzähler zu dem Schluss: "Wir fühlten uns wie verloren zwischen einer Tugend und einer Perversität, die gleichermaßen unmenschlich sind" (S. 110), obwohl der Mensch aus beiden besteht. Als glückliches Ende formt die endgültige Vereinigung der beiden Hälften wieder einen ganzen Menschen, der nach dieser Erfahrung zweifellos besser ist. Dennoch: "Ein vollständiger Vicomte reicht nicht aus, um die ganze Welt vollständig zu machen" (S. 122), denn, so scheint uns Italo Calvino zu suggerieren, die Perfektion ist nicht von dieser Welt...

Die Dualität des Seins

Der gespaltene Vicomte erzählt, wie ein Mann, der von einer Kugel in zwei Hälften geteilt wird, im wahrsten Sinne des Wortes doppelt wird: Ein Teil seines Körpers verkörpert das Gute, während der andere Teil das Böse repräsentiert. Auf diese Weise schildert der Autor eine Welt, in der das Leben unmöglich, weil unmenschlich ist, wenn entweder das Gute oder das Böse die alleinige Herrschaft hat.

Interessanterweise ist der Charakter des jungen Mannes schon vor seiner Verletzung zweideutig. Sein Verhältnis zum Krieg manifestiert diese Dualität: Er ist glücklich, in den Krieg zu ziehen, und froh, einen ersten Türken getötet zu haben – insofern kann er als schlecht angesehen werden –, aber im Kontext der osmanischen Kriege in Europa (zwischen dem 14. und 18. Jahrhundert) wird das Töten eines Nicht-Katholiken immer noch als rettende Tat angesehen.

Auf die Kriegstat, die den Vicomte verstümmelt hat, antwortet das Duell, das die beiden Hälften am Tag der Hochzeit mit Paméla gegeneinander antreten lässt. Wenn man sich auf eine frühe lateinische Etymologie von "Duell" bezieht, *duellum*, eine archaische Form von "Krieg", kann diese Konfrontation als ein Kampf gelesen werden, der (die beiden Hälften des Vicomte) zusammenführt und zu etwas Gutem führt, im Gegensatz zum Krieg, der trennt und zerstört.

Und wenn man sich eher auf *dualis*, auf den Begriff "zwei" bezieht, kann das Duell auch als die unerlässliche Prüfung interpretiert werden, die der Vicomte durchlaufen muss, um seine Integrität wiederzuerlangen, ein anderer Kampf als der auf dem Schlachtfeld: ein Kampf gegen sich selbst, um wieder zu dem zu werden, was er wirklich ist, ein Mensch mit seinen guten und schlechten Seiten.

EINE INITIATIONSGESCHICHTE

Auf dem Weg zur Erfüllung des Helden

Die Initiationserzählung unterscheidet sich von der Lerngeschichte und setzt die "intime Transformation der Persönlichkeit voraus, die eher symbolisch als realistisch dargestellt wird, mit der Entdeckung neuer

Werte, die oft von Leiden begleitet wird." («Les récits initiatiques», in *cndp.fr*) In diese Richtung gehen u. a. Romane wie *Vendredi ou la Vie sauvage* (1971) von Michel Tournier (französischer Schriftsteller, 1924-2016) und *L'Île mystérieuse* (1874) von Jules Verne (französischer Schriftsteller, 1828-1905).

Nun können wir über Gut und Böse hinaus darüber nachdenken, was Italo Calvino selbst über den *Vicomte pourfendu* sagt und was uns dazu bringen könnte, diese Geschichte als Initiationsgeschichte zu betrachten: Für den Autor geht es hier in der Tat darum, ein "Streben nach einer Vervollständigung [des Selbst] jenseits der von der Gesellschaft auferlegten Verstümmelungen" in Szene zu setzen (zitiert in FUSCO M., «Un arbre généalogique?», in *Europe*, Nr. 815, März 1997, S. 32).

So wird Viscount Medard von Terralba, der sich zu Beginn der Erzählung "in seiner ersten Jugend befindet, einem Alter, in dem die Gefühle nur einen verwirrten Schwung haben, in dem Gut und Böse noch nicht unterschieden werden" (S. 6), am Ende seines Weges zu diesem "ganzen Mann, weder böse noch gut, mit Güte und Bosheit gemischt, das heißt, zu einem Wesen, das sich äußerlich nicht von dem unterschied, was er vor seiner Verurteilung gewesen war" (S. 7). Aber er hatte die Erfahrung, dass die eine und die andere Hälfte wieder zusammengeschweißt worden waren: daher musste er weise sein." (p. 121)

Tatsächlich ist sein Urteilsvermögen verzerrt, wenn er nur böse ist, und er sagt zum Beispiel zu seinem Neffen:

"Und auch du wirst wollen, dass alles nach deinem Bild gespalten und zerfetzt wird, weil Schönheit, Weisheit und Gerechtigkeit nur in dem existieren, was in Stücke gerissen wird." (S. 60) Wenn er nur gut ist, entdeckt er die Brüderlichkeit, die ihn mit ganzen Menschen verbindet, aber er nimmt diese als unvollständige Wesen wahr.

Daraus entwickelt sich sein Mitgefühl: "Nicht ich allein, Paméla, bin es, der gevierteilt und gespalten wird, sondern auch du, wir alle." (S. 89) Doch, nachdem die Unterscheidung zwischen Gut und Böse in seinem Geist klargestellt ist, kann der Vicomte zu einem normalen Leben zurückkehren, in dem intimes Glück durch die Gründung einer Familie möglich ist.

Die Ausbildung zum Geschichtenerzähler

In *Le Vicomte pourfendu* ist diese Suche nach sich selbst auch dem jungen Neffen nicht fremd. Er ist zu Beginn der Erzählung sieben oder acht Jahre alt und am Ende ein Teenager. Er ist Zeuge und Berichterstatter der Initiationserfahrung des Vicomte, durch die sein eigenes Leben mehrmals bedroht wurde (in der Episode mit den giftigen Pilzen [S. 29], auf dem Steg [S. 36] und beim Angeln [S. 60]). Als Erzähler ist er es, der die Moral aus diesen Episoden zieht. Doch auf den ersten Blick scheint es ihm nicht zu gelingen, sich zu entfalten: "Ich allein, inmitten dieses Eifers für Integrität fühlte ich mich zunehmend einsam und lückenhaft. Es kommt vor, dass man sich für unvollständig hält, nur weil man jung ist" (S. 122).

Ein Scherz des Autors, der nicht mit einer optimistischen Note enden will, weil nichts perfekt ist? Oder der Wille, sich selbst in dieser Figur darzustellen, die nach dem Ende dieser Geschichte nichts mehr zu sagen hat, obwohl ihre Daseinsberechtigung unumstößlich darin besteht, weitere Geschichten zu erzählen? Am Ende (des Märchens), wenn der junge Mann eine Lehre gemacht hat, dann vielleicht die des Geschichtenerzählers: "Ich war an der Schwelle zur Adoleszenz angelangt und versteckte mich noch im Wald zwischen den Wurzeln der großen Bäume, um mir Geschichten zu erzählen. [...] Endlose Geschichten erheiterten mich." (S. 122) Das scheint seine Rolle zu sein: Jetzt muss er sie nur noch für weitere Erzählungen in der Zukunft übernehmen.

EIN HUMORVOLLES WERK

Italo Calvino "betont [...], dass er dieses Buch 1951 begonnen hat, d. h. zu einem Zeitpunkt, als die Euphorie am Ende des [Zweiten Weltkriegs] bereits den Spannungen gewichen war, den inneren und äußeren, die nun wieder überall lasten [der Kalte Krieg, 1945-1990]." (FUSCO M., "Ein Stammbaum?", S. 30). Dennoch ist *Le Vicomte pourfendu* ein Werk, in dem der Humor eine vorherrschende Rolle spielt. So verwendet der Autor verschiedene Verfahren, um auf distanzierte Weise eine gewalttätige und grausame Welt zu malen:

• **wird die Metapher real. Beispielsweise** beschwert sich der erste Soldat, den der Vicomte und sein Knappe auf dem Schlachtfeld treffen, darüber, dass er "Wurzeln schlägt" (S. 9), obwohl er mit Moos und Schimmel bedeckt ist;

- **die Hyperbel.** Personen und Tatsachen werden im Übermaß beschrieben. So wimmelt es bei den Kurtisanen im Lager von Tieren und "sind nicht mehr nur mit Zecken, Wanzen und Filzläusen bedeckt; Skorpione und grüne Eidechsen bauen ihre Nester auf ihnen." (*ebd.*) Ebenso verwendet der Arzt nicht weniger als "einen Kilometer Bänder" (S. 120), um die beiden Hälften des Vicomte zusammenzusetzen;

- **die Ironie.** Der Autor schildert eine Welt, die nicht mit dem übereinstimmt, was sie sein sollte, und spielt mit dem Schein. Der Sohn des Hugenotten begeht alle Sünden, die Amme Sébastienne ist eine bessere Ärztin als der Arzt, der von den Kranken wie gelähmt ist, und der Galgen des Meisters Pierreclou wird zu einem Kunstwerk, das alle bedauern, wenn es entfernt wird;

- **der makabre Humor.** An mehreren Stellen lenkt der Autor das Makabre der Beschreibungen oder Fakten durch humorvolle Einlagen ab. So weisen auf dem Schlachtfeld abgetrennte Finger den Figuren die Richtung, und Störche ersetzen die Geier, um die Leichen zu verschlingen.

So kann *Le Vicomte pourfendu in die* Hände eines jungen Publikums gelegt werden, das sich wie der Neffe-Erzähler dem Buch von seiner wunderbaren Seite nähert, sich an den Abenteuern, denen die einzelnen

Personen begegnen, erfreut und vielleicht eine moralische Lehre daraus zieht.

Le Vicomte pourfendu hat die Fähigkeit, den Leser in
rasantem Tempo von einer Situation in die nächste zu
führen und dabei eine Abfolge von Eindrücken und
Gefühlen entstehen zu lassen, die ihn unterhalten, in
Erstaunen versetzen oder erschrecken. Der Leser kann
sich zwar nicht mit den Figuren identifizieren – dafür
sind Zeit und Form des Märchens nicht geeignet –, aber
dank des klaren Schreibstils, der Fantasie und des
Humors, die der moralischen und philosophischen
Beweisführung dienen, kann er die Absicht des Autors
leicht erkennen.

DENKANSTÖSSE

EINIGE FRAGEN, UM IHRE ÜBERLEGUNGEN ZU VERTIEFEN...

- Wenn man bedenkt, dass sie ein armes Mädchen ist, zeigt die Schäferin Paméla einen unerwarteten Charakter, der sie zu einer besonders positiven Figur macht. Entwickeln Sie.

- Der Unglückliche rechtfertigt seine schlechten Taten damit, dass man als Verstümmelter eine umfassendere Sicht auf die Realität hat. Was halten Sie davon?

- Ist es Liebe oder Hass, der die Wiederherstellung des Vicomte ermöglicht? Begründen Sie Ihre Antwort.

- In Kapitel IX behaupten leprakranke, dass "von den beiden Hälften die gute schlimmer ist als die schlechte" (S. 110). Was halten Sie von dieser Aussage? Untermauern Sie Ihre Antwort mithilfe des Textes.

- Welche Sicht des Krieges vermittelt der Autor in diesem Werk?

- Ist der Autor Ihrer Meinung nach auf eine realistische Wirkung aus oder nicht? Begründen Sie dies.

- In ihrem Buch *Le fantastique* schlagen Gilbert Millet und Denis Labbé vor, dieses Genre als « l'inconcevable devenue réalité » (Das Unfassbare wird zur Realität) (*Le fantastique*, Paris, Belin, Coll. « Sujets », 2005, S. 11) zu definieren, das nur mit der Zustimmung des Lesers funktioniert, der das Unwahrscheinliche akzeptiert. Ist diese Definition Ihrer Meinung nach auf den *Vicomte pourfendu* anwendbar?

- Vergleichen Sie die Figur des Vicomte Médard mit der Figur der Clarimonde in *La Morte amoureuse* (1836), einer fantastischen Kurzgeschichte von Théophile Gauthier (französischer Schriftsteller, 1811-1872).

- Italo Calvino bezieht sich auf R. L. Stevensons *"Die Schatzinsel"*, indem er den Namen Trelawney wiederverwendet. R. L. Stevenson schrieb auch das Buch *"Doctor Jekyll and Mr. Hyde"*. Welche Ähnlichkeiten und Unähnlichkeiten können Sie zwischen diesem Werk und *Der gespaltene Vicomte* feststellen?

- "Doktor! Doktor Trelawney! Nehmen Sie mich mit! Sie können mich nicht hier lassen, Doktor!" (S. 123), schreit der Neffe. Da er damit beschäftigt ist, sich Geschichten zu erzählen, hat er nicht gesehen, wie der Doktor an Bord ging. Ist dies Ihrer Meinung nach noch die Reaktion des Erzählers oder schon die des Autors, der nach der Anstrengung, die ihn diese Geschichte gekostet hat, auch lieber abhauen würde, als sich an die nächste Geschichte zu setzen?

WEITERFÜHRENDE INFORMATIONEN

REFERENZAUSGABE

CALVINO I., *Le Vicomte pourfendu*, Paris, Albin Michel, Coll. « Le Livre de Poche », 1955 (Neuauflage 2010).

REFERENZSTUDIEN

COLLECTIF, "Italo Calvino", in *Encyclopædia Universalis*, Paris, 1980.

FUSCO M., "Ein Stammbaum?", in *Europa*, Nr. 815, März 1997.

« Les récits initiatiques », in *cndp.fr*, abgerufen am 22. August 2017. http://www.cndp.fr/crdp-creteil/telemaque/comite/initiatique.htm

MILLET G. und LABBÉ D., *Le fantastique*, Paris, Belin, Coll. « Sujets », 2005.

TODOROV T., *Introduction à la littérature fantastique*, Paris, Seuil, 1970.

Deine Meinung ist uns wichtig!
Hinterlasse doch einen Kommentar auf der Seite
unserer Online-Buchhandlung
und teile Deine Favoriten in den sozialen Netzwerken!

DER QUERLESER

derQuerleser.de

Literatur auf den Punkt gebracht!

ISBN digitale Ausgabe: 9782808686914
ISBN gedruckte Ausgabe: 9782808698313
Pflichtexemplar: D/2023/12603/1111

Cover: © Plurilingua
Logo: © Graphicrepublic (Freepik.com) und Plurilingua

Digitale Aufbereitung: Primento, der digitale Partner der Herausgeber.